# ERA UMA VEZ NA FRANÇA

VOLUME 2

## O voo negro dos corvos

FABIEN NURY   SYLVAIN VALLÉE

TRADUÇÃO
GILSON DIMENSTEIN KOATZ

"Amigo, ouve os gritos surdos do país que acorrentamos?"
"Amigo, ouve o voo negro dos corvos sobre as planícies?"
O CANTO DOS RESISTENTES

— Galera —
RIO DE JANEIRO
2014

CIP-BRASIL. CATALOGAÇÃO NA FONTE
SINDICATO NACIONAL DOS EDITORES DE LIVROS, RJ

---

Nury, Fabien

N949v    Era uma vez na França: Volume 2: O voo negro dos corvos / Fabien Nury, Sylvain Vallée; tradução
Gilson Dimenstein Koatz. - 1. ed. - Rio de Janeiro: Galera Record, 2014.
(Era uma vez na França: 2)

Tradução de: Il était une fois en France: Le vol noir des corbeaux
Sequência de: Era uma vez na França vol. 1: O império do senhor Joseph
ISBN 978-85-01-09936-5

1. Ficção francesa. 2. História em quadrinhos I. Vallée, Sylvain. II. Koatz, Gilson Dimenstein. III. Título. IV. Série.

13-00396                                     CDD: 028.5
                                             CDU: 087.5

---

Título original
*Il était une fois en France #2 - Le vol noir des corbeaux*

Texto revisado segundo o novo Acordo Ortográfico da Língua Portuguesa

Direitos exclusivos de publicação em língua portuguesa somente para o Brasil
adquiridos pela
EDITORA RECORD LTDA.
Rua Argentina 171 - Rio de Janeiro, RJ - 20921-380 - Tel.: 2585-2000
que se reserva a propriedade literária desta tradução.

---

Impresso na Índia

ISBN 978-85-01-09936-5

Seja um leitor preferencial Record.
Cadastre-se e receba informações sobre nossos
lançamentos e nossas promoções.

Atendimento e venda direta ao leitor:
mdireto@record.com.br ou (21) 2585-2002.

**OBRAS DA SÉRIE PUBLICADAS PELA GALERA RECORD**

Era uma vez na França: O Império do Senhor Joseph

## ADVERTÊNCIA

Muito embora esta história seja inspirada em fatos reais, nem por isso deixa

de ser ficção: os incidentes autênticos, as suposições e a invenção pura estão

aqui livremente mesclados. As personagens históricas apenas se baseiam na

realidade, e as outras são inteiramente imaginárias: suas aparências, seus

comportamentos e suas expressões são criações dos autores.

## Colorização: DELF

# Prefácio de Grégory Auda

Joseph Joanovici. Este homem é um mistério, até mesmo a ortografia do seu nome permanece incerta: Joinovici? Joanovici? Como seus amigos do mesmo meio, o chamaremos "Joano".

Simples operário judeu chegado à França sem um tostão, ei-lo, às vésperas da Segunda Guerra Mundial, à frente de um florescente comércio de ferro-velho. Esse formidável sucesso social alimenta todas as fantasias e contribui para a edificação do "mito Joano": um analfabeto bilionário, mas excelente contador; um trapeiro que mastiga o ferro e coleta o ouro.

Infelizmente para Joano a guerra e a derrota viriam se opor a essa notável ascensão. Não era muito saudável ser judeu em Paris em 1940...

E é aqui que aparecem, pelo lápis de Sylvain Vallée, as inquietantes personagens de um universo perigoso. Tudo é então possível para o roteirista Fabien Nury, que faz conviverem intimamente os indivíduos mais perniciosos da Paris da época da Ocupação, do crime e da colaboração.

Um mundo em que Georges Boucheseiche, Adrien Estebeteguy e Jo Attia cruzam a rota de um certo "doutor", sinistro visitante noturno que o negror traz e depois leva de volta, uma vez que seu trabalho sujo tenha terminado.

Um mundo em que reina Henri Chamberlin, vulgo Henri Lafont, chefe da temível Gestapo da Rua Lauriston, que Vallée concebe como um ser endiabrado, desleixado e seguro de sua força, personagem horripilante de cóleras excessivas e métodos expeditivos.

Essas péssimas relações levam Joano aos piores pactos. Como se manter honesto quando é preciso pagar, mensalmente, o preço da sua vida? Impossível não trair todo mundo quando é necessário, para sobreviver, se comprometer com os assassinos... É um círculo vicioso no qual Joano é a vítima por demais tolerante.

Ao contar a história de Joano, Nury e Vallée exploram uma faceta obscura da história da Ocupação da França. Uma época em que os valores estiveram invertidos, em que meliantes podiam abalar policiais, em que os ladrões agiam abertamente e com sucesso, em que assassinos e torturadores eram felicitados por sua violência e condecorados por seus crimes.

Isso aconteceu... uma vez na França.

Grégory Auda, arquivista aposentado da Prefeitura de Polícia de Paris, é historiador especializado na história do crime organizado francês. É o autor da obra *Les Belles Années du Milieu* (Michalon).

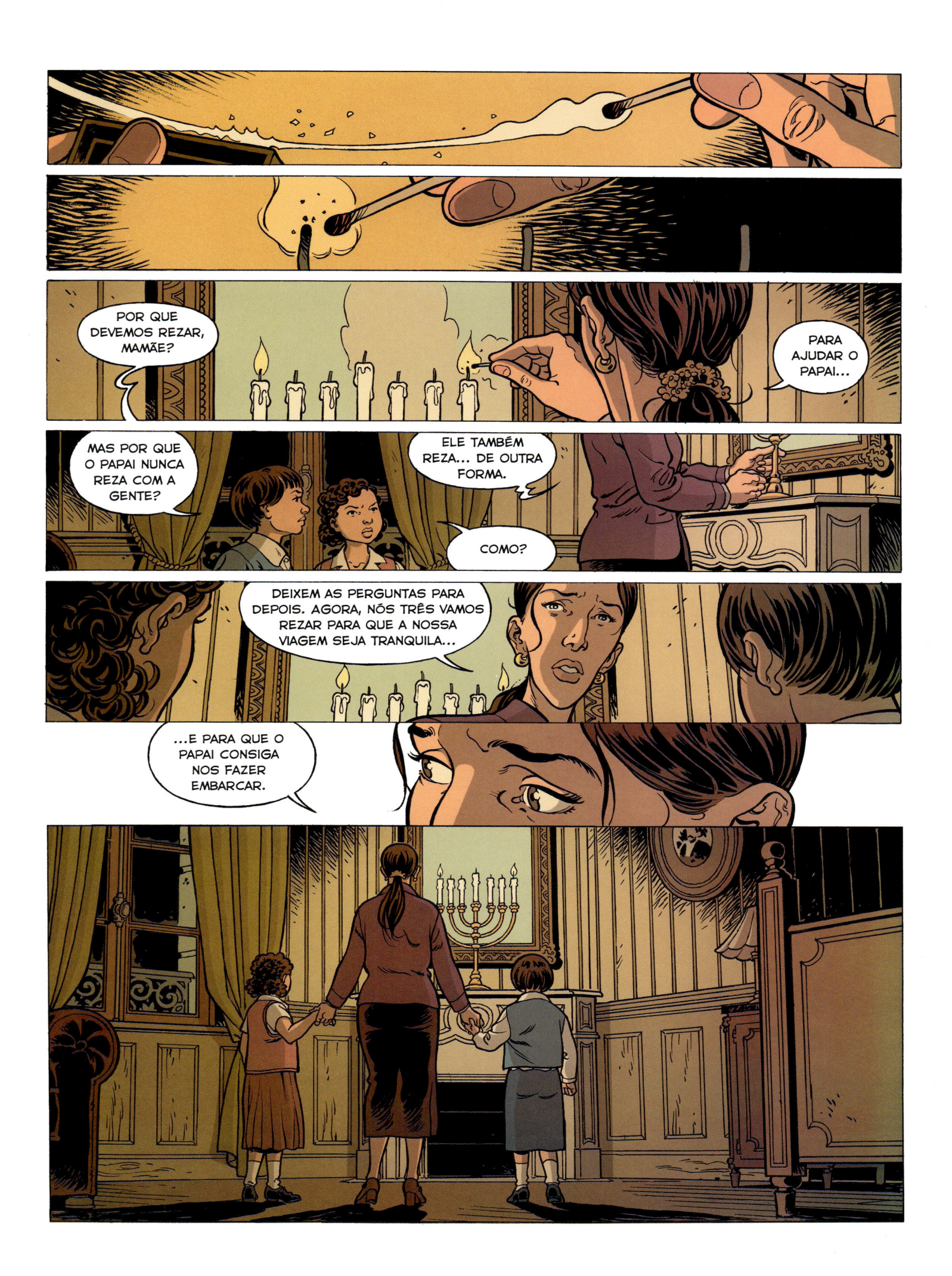

POR QUE DEVEMOS REZAR, MAMÃE?

PARA AJUDAR O PAPAI...

MAS POR QUE O PAPAI NUNCA REZA COM A GENTE?

ELE TAMBÉM REZA... DE OUTRA FORMA.

COMO?

DEIXEM AS PERGUNTAS PARA DEPOIS. AGORA, NÓS TRÊS VAMOS REZAR PARA QUE A NOSSA VIAGEM SEJA TRANQUILA...

...E PARA QUE O PAPAI CONSIGA NOS FAZER EMBARCAR.

LA ROCHELLE, 17 DE JUNHO DE 1940...

DEIXEM-NOS PASSAR!

SOMOS FRANCESES COMO VOCÊS!

SOMENTE PASSAGEIROS MUNIDOS DE SALVO-CONDUTO OFICIAL TÊM DIREITO A EMBARCAR.

VOCÊS NÃO VÃO NOS DEIXAR NAS MÃOS DOS BOCHES, VÃO?!

SINTO MUITO... SÃO AS ORDENS.

ESTA É A SUA CABINE.

OBRIGADO.

COMUNICA-SE COM AS DUAS SEGUINTES. APOSENTOS PARA SEIS, EM PRIMEIRA CLASSE... UM LUXO RARO NOS DIAS DE HOJE.

PAGUE, LUCI.

SE TODOS PAGASSEM ESTE PREÇO PELAS PASSAGENS, ESTARIA BILIONÁRIO...

PARTIREMOS AMANHÃ DE MANHÃ ÀS CINCO HORAS. SE NÃO ESTIVEREM A BORDO, AZAR.

ESTAREMOS AQUI.

ACERTOU COM A CAPITANIA E COM OS OFICIAIS DA SEGURANÇA?

JÁ ME PERGUNTOU ISSO TRÊS VEZES... PAGUEI A TODOS, E BEM PAGOS. SÓ FALTA EMBARCAR EVA, AS MENINAS E MARCEL...

...E ATÉ BREVE, AMÉRICA.

PODE PASSAR, SR. JOANOVICI.

AFASTEM-SE!

POR FAVOR, LEVEM A GENTE COM VOCÊS!

NÓS PAGAREMOS!

JOSEPH! AQUI!

TUDO CERTO?

SÓ FALTA EMBARCAR.

CHAMO EVA E AS MENINAS?

AINDA NÃO.

POR QUE ESPE-RAR? A CIDADE ESTÁ BLOQUEADA, E ATÉ CHEGAR-MOS AO PORTO...

TENHO UM ENCONTRO IMPORTANTE. QUERO DAR-LHE A CHANCE DE CHEGAR ATÉ O ÚLTIMO MINUTO.

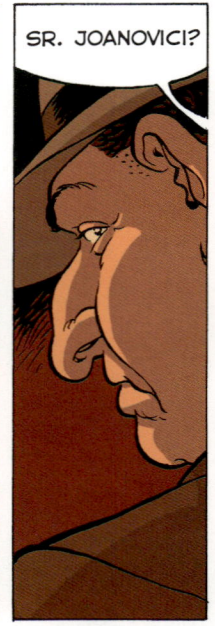

SR. JOANOVICI?

EM PESSOA.

PRAZER. ARMAND BRAVO. FOI O COMISSÁRIO VERDIER, DA PREFEITURA DE POLÍCIA DE PARIS, QUE ME MANDOU.

VOCÊ É O CARA DO BANCO ROTHSCHILD?

EU MESMO.

O QUE FOI CONDENADO POR FALSIFICAÇÃO?

AHH, SIM...

EU O ESPERAVA. SERIA CAPAZ DE "TRABALHAR" EM UNS PASSA-PORTES?

SE EU FOSSE INCOMPE-TENTE, O COMISSÁRIO VERDIER NÃO ME TIRARIA DA CADEIA... O QUE POSSO FAZER PELO SE-NHOR, SR. JOANOVICI?

PRECISO VER MINHA FAMÍLIA. NÃO SAIA DAQUI, JÁ VOLTO... PODE TOMAR UM DRINQUE POR MINHA CONTA.

AS MENINAS ESTÃO PRONTAS E AS MALAS, FEITAS. BASTA LEVÁ-LAS ATÉ O AUTOMÓ-VEL...

NÃO VAMOS MAIS PARTIR.

ES... ESTÁ BRINCANDO?!

MARCEL VAI FICAR COM VOCÊS. EU VOLTO A PARIS PARA COLOCAR OS NEGÓCIOS EM ORDEM. QUANDO AS COISAS SE ACALMA-REM... MANDAREI BUSCÁ-LAS.

QUANDO DECIDIU ISSO?

ACABO DE DECIDIR.

ESTÁ COMPLETAMENTE LOUCO!...

...SABE O QUE OS NAZISTAS FARÃO COM A GENTE SE FICARMOS! VOCÊ TEM UMA LEVE IDEIA, NÃO TEM?!

EU CONHEÇO OS ALEMÃES. TRABALHO COM ELES HÁ ANOS. SEMPRE FORAM RAZOÁVEIS.

CONFIE EM MIM, EVA. SABE QUE NÃO ME ARRISCARIA SE NÃO TIVESSE CERTEZA DE SUCESSO.

MAS, POR QUÊ?

POR QUÊ? SEMPRE SONHOU COM A AMÉRICA! QUANTAS VEZES CONVERSAMOS SOBRE ISSO?

CONSTRUÍ UMA VIDA PARA NÓS NESTE PAÍS. FIZ FORTUNA NESTE PAÍS. E AGORA QUER ME VER FUGIR COMO OS OUTROS? NÃO, NEM PENSAR...

...EU, NÃO!

MAS VOCÊ...

DEIXE PARA LÁ, EVA. SABE COMO ELE É, QUANDO ENCASQUETA UMA IDEIA NA CABEÇA.

E ELA?

PRECISO DE LUCI EM PARIS. SEM CONTAR QUE PARA ELA... É MENOS PERIGOSO DO QUE PARA VOCÊ.

MAS É CLARO...

THÉRÈSE! HÉLÈNE! VENHAM FALAR COM O PAPAI!

12

LUCI, PROCURE O TELEFONE E LIGUE PARA A CÂMARA. PERGUNTE SE UM TAL DE PRUDENT RIGAUD ESTÁ POR AQUI...

"PROIBIÇÃO DE TOCAR NAS MERCADORIAS... FAVOR DIRIGIREM-SE À CÂMARA DOS DEPUTADOS."

...É ELE QUEM DEVEMOS ENCONTRAR.

BOM DIA... DESEJO VER PRUDENT RIGAUD, ME CHAMO JOSEPH JOANOVICI.

SEUS DOCUMENTOS, POR FAVOR.

EU...

...ACHO QUE OS ESQUECI EM CASA.

NÃO TEM DOCUMENTOS?

TENHO OS MEUS, SE PREFERIR.

O SR. RIGAUD ME CONHECE BEM. BASTA CHAMÁ-LO.

SENTEM-SE. ALGUÉM VIRÁ BUSCÁ-LOS.

AI, MERDA...

SE VIEREM ME PRENDER, DIGA QUE MAL NOS CONHECEMOS. NÃO DEVEMOS SER PRESOS, OS DOIS.

MAS... E VOCÊ?

FAÇA O QUE EU DIGO! VOCÊ ME SERÁ MAIS ÚTIL AQUI FORA DO QUE LÁ DENTRO.

JOSEPH?

PRUDENT?! FINALMENTE! NÃO O ESPERÁVAMOS MAIS!

TUDO BEM. ELES ESTÃO COMIGO.

O QUE DEU EM VOCÊ PARA APARECER AQUI?! ISSO ESTÁ UMA BAGUNÇA! NÃO PODIA SE ESCONDER POR UNS DIAS, PARA TERMOS TEMPO DE NOS INSTALAR?

POR ISSO MESMO, MINHA FIRMA FOI ARRESTADA.

NÃO LIGUE! INSTALE-SE AQUI, NINGUÉM VIRÁ AVERIGUAR NAS PRÓXIMAS SEMANAS... VOU CUIDAR DE TUDO, MANDAR UNS AMIGOS. NESSE ÍNTERIM, COLOQUE SEUS DOCUMENTOS EM ORDEM... OS ALEMÃES SÃO MUITO METICULOSOS.

EU VI. E OTTO? SABE POR ONDE ANDA?

OTTO? SE ELE QUISER QUE VOCÊ TENHA NOTÍCIAS DELE, SABERÁ ONDE O ENCONTRAR. VAMOS ANDANDO. E NÃO SE DEIXE VER!

UM VERDADEIRO TRABALHO DE ARTISTA, NÃO?

ENTÃO?

ELE TEM RAZÃO. NÃO SE PERCEBE NADA.

O SEGREDO É FAZER O MÍNIMO DE MODIFICAÇÕES. APENAS RETOQUES DISCRETOS... SEU REGISTRO DIZIA "FILHO DE ISAAC"... MUDEI PARA "FILHO DE IVAN". SOA MELHOR.

APROVEITE QUE ESTÁ COM A MÃO NA MASSA...

E FAÇA OS DO MEU IRMÃO E DA MINHA MULHER. AS MENINAS ESTÃO INSCRITAS NO PASSAPORTE DE EVA... TRATE BEM DESSE.

UM ARTISTA NUNCA DESCANSA...

AQUI ESTÁ! UMA IDENTIDADE PRONTINHA DO SERVIÇO DE ESTRANGEIROS DA PREFEITURA. JOSEPH É UM CIDADÃO DE ORIGEM RUSSA E DE RELIGIÃO ORTODOXA...

ESPERO QUE NÃO ME FAÇAM LER A BÍBLIA!

RUBRIQUE TODAS AS PÁGINAS DO CONTRATO E ASSINE A ÚLTIMA.

SEM PROBLEMA. SEMPRE SONHEI EM SER GERENTE DE UMA EMPRESA.

...E EU, ACIONISTA MAJORITÁRIO.

VOCÊS ESTÃO EM CASA, RAPAZES. OFICIALMENTE, SOU APENAS UM DOS SEUS EMPREGADOS.

VAMOS FESTEJAR O AUMENTO DO NOSSO CAPITAL!

PARABÉNS, JOSEPH. VOCÊ ACABA DE FAZER DOIS POLICIAIS MUITO FELIZES...

ACHA MESMO? O QUE PRECISO É FAZER DINHEIRO NOVO ENTRAR NA FIRMA! ESSA PAPELADA TODA ME CUSTOU CARO.

PRONTO! AGORA QUE TODA A FAMÍLIA TEM DOCUMENTOS, O ARTISTA VAI REPOUSAR UM POUCO... ESTOU ACABADO.

CALMINHA AÍ...

...AINDA FALTAM OS NOSSOS FUNCIONÁRIOS.

NÃO! NÃO ME DIGAM QUE...

ESSA FIRMA TEM MUITA GENTE NA MESMA SITUAÇÃO QUE A MINHA FAMÍLIA, E VOCÊ VAI REGULARIZAR A SITUAÇÃO DE TODOS ELES, ATÉ O ÚLTIMO.

QUER ME MATAR OU O QUÊ?

DE QUE SE QUEIXA? SERÁ PAGO POR CADA DOCUMENTO!

VAMOS, ARTISTA, FAÇA MAIS UM ESFORCINHO...

OBRIGADO, SR. JOSEPH.

ISTO NÃO É NADA, SIMON.

SOU O CAPITÃO FUCHS.

REPRESENTO A WIFO, UMA SOCIEDADE DE ESTUDOS ECONÔMICOS. TEMOS PROCURAÇÃO DO REICH PARA REQUISITAR METAIS USADOS SEGUNDO OS TERMOS DO ARMISTÍCIO.

É UM PRAZER CONHECÊ-LO, SR. JOANOVICI. AMIGOS EM COMUM ME FALARAM MUITO A SEU RESPEITO...

O SENHOR ENTENDE DESSE ASSUNTO?

UM POUCO... MAS NEM DE PERTO TENHO A SUA EXPERIÊNCIA.

NÃO SEI O QUE OS SEUS AMIGOS LHE DISSERAM A MEU RESPEITO... MAS CERTAMENTE O PREVENIRAM DE QUE MEU OFÍCIO É UM POUCO ORIGINAL.

O SENHOR ENTENDE, OS SUCATEIROS NÃO SÃO PESSOAS MUITO EDUCADAS... SEUS ESTOQUES NÃO ESTÃO FORÇOSAMENTE ESCRITURADOS, LONGE DISSO... EU, POR EXEMPLO, FAÇO A MAIOR PARTE DOS MEUS CONTRATOS ORALMENTE.

PUDERA...

O MAIS IMPORTANTE, NESSE NEGÓCIO, É MANTER A PALAVRA. FOI O QUE ME PERMITIU PROSPERAR MODESTAMENTE...

O SENHOR ME SURPREENDE. SOUBE QUE A SUA EMPRESA EFETUOU UM AUMENTO DE CAPITAL NAS ÚLTIMAS SEMANAS. EU ACHAVA QUE ERA MUITO DETALHISTA NA SUA ADMINISTRAÇÃO.

EMPREGO PESSOAS COMPETENTES. MAS, COMO ESTÁ BEM INFORMADO, SABE QUE SOU UM INTERLOCUTOR CONFIÁVEL. FAÇO NEGÓCIOS COM OTTO HÁ MUITOS ANOS.

RECONHEÇO QUE A SUA REPUTAÇÃO EM BERLIM É BOA. E POR ISSO DECIDIMOS FAZER UM TESTE.

SUA FIEL "LUCIFERRO" FARIA A GENTILEZA DE EMPRESTAR ALGO PARA ESCREVER?

PRONTO. ESTE ENDEREÇO É DE UM DOS NOSSOS ESCRITÓRIOS DE COMPRAS. QUANDO ESTIVER DE POSSE DE ALGUNS DESSES "ESTOQUES NÃO ESCRITURADOS"... ESTAREMOS DISPOSTOS A ADQUIRIR TUDO O QUE PUDER ENCONTRAR.

A QUE PREÇO?

NÃO SE DECEPCIONARÁ.

FOI UM PRAZER, SR. JOANOVICI.

O PRAZER FOI MEU. SE TIVER OPORTUNIDADE, TRANSMITA A OTTO AS MINHAS SAUDAÇÕES.

ACHA QUE ELES SABEM?

ACHO QUE ELES NÃO LIGAM. O QUE IMPORTA É QUE OS NEGÓCIOS RECOMECEM.

UM MOMENTO...

NÃO ESTÁ ARMADO.

PODE PASSAR.

NOME E TELEFONE.

AHN... IVAN. CLICHY, 92 802.

O QUE O SENHOR VENDE?

METAIS.

QUE METAIS E EM QUE QUANTIDADES?

COBRE, 537. LATÃO, 176.

É TUDO? 537 QUILOS DE COBRE E...

SÃO TONELADAS.

EU, HÃ...

COM LICENÇA, PRECISO TELEFONAR.

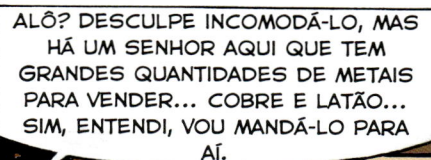

ALÔ, HOTEL LUTÉCIA? LIGUE PARA A SUÍTE REAL. DA PARTE DE JOSETTE, DO ESCRITÓRIO DE COMPRAS, É URGENTE..

ALÔ? DESCULPE INCOMODÁ-LO, MAS HÁ UM SENHOR AQUI QUE TEM GRANDES QUANTIDADES DE METAIS PARA VENDER... COBRE E LATÃO... SIM, ENTENDI, VOU MANDÁ-LO PARA AÍ.

SR. IVAN, NÃO ESTAMOS AUTORIZADOS A COMPRAR TAIS QUANTIDADES. MAS MEUS SUPERIORES ACEITARAM RECEBÊ-LO.

BOA NOITE. TENHO UM ENCONTRO NA SUÍTE REAL.

A QUEM DEVO ANUNCIAR?

IVAN.

QUAL ANDAR?

QUINTO.

VAI FALAR COM OS GRADUADOS? ESPERO QUE OS DEIXEM DESCER...

IVAN?

SOU EU.

POR AQUI, POR FAVOR.

EU... EU SOU IVAN E TENHO UMA REUNIÃO COM...

JOSEPH?

OTTO! É VOCÊ?

EU DEVIA TER IMAGINADO... HÁ QUANTO TEMPO!

PUXA VIDA, AGORA VOCÊ VIVE NO LUXO!

PRIVILÉGIO DO UNIFORME... TODOS SE TORNAM PRESTATIVOS.

VENHA, VAMOS TOMAR UM GOLE! MEUS AMIGOS FARÃO COMPANHIA À CHARMOSA LUCI.

NÃO REPARE NA BAGUNÇA. FIZ ALGUMAS COMPRAS DESDE QUE CHEGUEI... CONHECE O CAPITÃO FUCHS, NÃO?

JÁ NOS ENCONTRAMOS.

BOA NOITE, SR. JOANOVICI.

GERALMENTE, PEDIMOS AMOSTRAS AOS NOSSOS NOVOS FORNECEDORES... MAS ABRIREI UMA EXCEÇÃO PARA VOCÊ. FUCHS, CHAME O ESCRITÓRIO DE COMPRAS E DIGA QUE IVAN É GENTE NOSSA E QUE PODEM SEPARAR O PAGAMENTO.

E ENTÃO, COMO VÃO OS NEGÓCIOS?

MELHORES AGORA QUE VOCÊ ESTÁ AQUI. NÃO É FÁCIL ENCONTRÁ-LO....

NÃO DESCANSEI APÓS O ARMISTÍCIO. FOI PRECISO MONTAR ESSA OPERAÇÃO, À QUAL CEDI GENTILMENTE MEU CODINOME...

ALÉM DISSO, HONESTAMENTE, QUERIA VER COMO VOCÊ RESOLVERIA SEUS PEQUENOS PROBLEMAS ADMINISTRATIVOS. PRUDÊNCIA NUNCA É DEMAIS, VOCÊ COMPREENDE...

...E ALGUMAS RELIGIÕES TORNARAM-SE FRANCAMENTE IMPOSSÍVEIS DE SE FREQUENTAR.

ESPERO QUE OS ORTODOXOS NÃO ESTEJAM NA LISTA.

NÃO, OS ORTODOXOS, NÃO.

DE QUE SE TRATA ESSA "OPERAÇÃO", OTTO?

...MAS VOCÊS PRECISAM DE AINDA MAIS.

SEGUNDO OS TERMOS DO ARMISTÍCIO, A FRANÇA ACEITOU PAGAR UMA GRANDE INDENIZAÇÃO DE GUERRA AO REICH, E FORNECER GRANDES QUANTIDADES DE METAIS PARA O NOSSO REARMAMENTO...

EXATO. E, DE ESTALO, O SEU FIEL AMIGO OTTO TEVE UMA BRILHANTE IDEIA. UTILIZAR ESSA INDENIZAÇÃO PARA COMPRAR AINDA MAIS METAIS... NO FIM, SERÁ PAGO COM O DINHEIRO DO ESTADO FRANCÊS.

PORTANTO, O QUE LHE FALTA SÃO INTERMEDIÁRIOS. CARAS CAPAZES DE FAREJAR O MAIS ÍNFIMO QUILO DE COBRE A CEM QUILÔMETROS DE DISTÂNCIA... EU POSSO SER ÚTIL.

FELIZMENTE, OU NÃO ESTARIA AQUI.

PODERIA AUMENTAR O RENDIMENTO DESSA OPERAÇÃO, SE UM OU DOIS DESSES COMPRADORES DE CONFIANÇA SE ENCARREGASSEM DE CENTRALIZAR A MERCADORIA... NÃO PERDERIA TEMPO COM AMADORES.

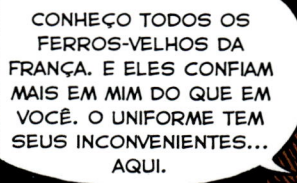

CONHEÇO TODOS OS FERROS-VELHOS DA FRANÇA. E ELES CONFIAM MAIS EM MIM DO QUE EM VOCÊ. O UNIFORME TEM SEUS INCONVENIENTES... AQUI.

ADMITINDO-SE QUE EU ACEITE, CENTRALIZAR TANTA SUCATA NÃO SERIA FÁCIL NEM PARA VOCÊ...

CONHEÇO UM LUGAR ATRAVÉS DO QUAL A MAIOR PARTE DOS METAIS QUE VÃO PARA A ALEMANHA DEVE TRANSITAR... BASTARIA ME ARRANJAR UM EMPREGO LÁ...

E ESSE PARAÍSO TEM NOME?...

AS DOCAS DE SAINT-OUEN...

19,6 TONELADAS. VAZIO, O CAMINHÃO PESA...

6,4, COMO TODOS OS CITROËN QUE PESAMOS... O QUE DÁ UMA CARGA DE 13,2 TONELADAS DE ESTANHO.

PODERIA ANOTAR SOZINHO, JÁ QUE SOMA TÃO BEM.

AH, NÃO, CADA UM COM A SUA FUNÇÃO... E SE TIVESSE UM POUCO DE CONFIANÇA EM MIM, A GENTE NÃO TERIA QUE VERIFICAR CADA CAMINHÃO.

CONFIAR EM VOCÊ? E O QUE MAIS?

QUE... *AI, MEU DEUS!*

QUE ESTÁ FAZENDO? AINDA NÃO TERMINAMOS!

CONTINUE SOZINHO, ESTÁ SE SAINDO MUITO BEM!

*MARCEL!*

*JOSEPH!*

25

ABRAM! SOU EU, JOSEPH!

É BOM MESMO QUE VOCÊ VEJA IMEDIATAMENTE TODAS AS TRAMOIAS... POIS CONTO COM VOCÊ PARA ME SUBSTITUIR.

O CAMINHÃO LEVA LATÃO. 13 TONELADAS. RETIRAMOS UMA E SUBSTITUÍMOS PELO CONTEÚDO DE UMA DAS CAÇAMBAS...

...APARAS DE AÇO E ALUMÍNIO QUE CUSTAM TRÊS VEZES MENOS POR QUILO.

DEPOIS, RECOLO-CAMOS A TONELA-DA RETIRADA NUM OUTRO CAMINHÃO, E ASSIM POR DIANTE.

O PASPALHÃO QUE OS BOCHES CONTRATARAM DESCONHECE METAIS. VERIFICA APENAS AS QUANTIDADES, JAMAIS A QUALIDADE.

MUITO BEM, É UM BELO GOLPE, MAS...

É MUITO MAIS DO QUE UM GOLPE, É SABO-TAGEM.

AMBOS SABEMOS PARA QUE SERVEM ESSES METAIS. PARA FABRICAR BOMBAS, CANHÕES, OBUSES... ENTÃO, SE ALGUMAS DESSAS BOMBAS SAEM DEFEITUOSAS, SE NÃO EXPLODEM NA CARA DOS ALIADOS, É UMA BOA COISA, NÃO?

SOBRETUDO SE PERMITE QUE AUMENTEMOS NOSSAS MARGENS...

TINHA CERTEZA DE QUE ENTENDERIA... NÃO É MEU IRMÃO À TOA.

É UM COROT AUTÊNTICO. NÃO POSSO MAIS GUARDÁ-LO EM CASA.

FIQUE TRANQUILA, ESTÁ SEGURO AQUI.

TOME. QUANDO QUISER DE VOLTA, BASTARÁ APRESENTAR ESTE CUPOM.

E SE EU O PERDER?

EU NÃO A ESQUECEREI.

VÊ? TODA ESSA GENTE QUE VEM NOS VER ESTÁ APAVORADA COM AS BATIDAS EM SUAS CASAS. ENTÃO, LUCI E EU ESTAMOS GUARDANDO SEUS BENS PRECIOSOS. ASSIM, SE TIVEREM QUE FUGIR, PODERÃO MANDAR ALGUÉM PARA RESGATAR.

E SE NINGUÉM VIER? FICA COM TUDO?

COM O QUE GANHO DOS BOCHES NÃO PRECISO ROUBAR.

ABRA A MALA DO CARRO. ESTÁ MUITO PESADO.

NÃO DISSE QUE OS BOCHES ESTAVAM ME TRATANDO MUITO BEM? PODE VER QUE NÃO ESTAVA MENTINDO...

QUANTO TEM AÍ?

17 MILHÕES. COMO TODAS AS SEMANAS.

LEVEI MUITO TEMPO, MAS ACHEI O LOCAL IDEAL PARA VOCÊ SE ESCONDER. A UMA HORA DE PARIS. PODEREI VIR VÊ-LA MAIS VEZES.

VOU COMPRAR MÓVEIS PARA MOBILIAR A CASA.

AH, TEM UMA ESCOLA CATÓLICA A CINCO MINUTOS A PÉ. AS MENINAS PODERÃO VOLTAR A ESTUDAR.

ESCOLA CATÓLICA?

NÃO ME PEÇA O IMPOSSÍVEL.

QUEM ERAM OS ANTIGOS PROPRIETÁRIOS?

NÃO SEI, MAS DEVEM TER PARTIDO COM PRESSA. APROVEITEI A OCASIÃO.

SABEMOS PARA ONDE FORAM?

INFORMAÇÕES JUDAICAS

NÃO, NEM QUEREMOS SABER.

RECEBI QUEIXAS DA ALEMANHA. ALGUNS DOS SEUS CARREGAMENTOS NÃO TINHAM A PUREZA ESPERADA... CONSIDERANDO-SE O USO A QUE OS METAIS SE DESTINAM, É LAMENTÁVEL...

EU BEM LHE DISSE PARA NÃO CONFIAR NELE! É ELE O RESPONSÁVEL!

PEGUE, SABICHÃO.

O QUE QUER QUE EU FAÇA COM ISSO?

É PURO OU IMPURO? FERROSO OU NÃO FERROSO?

EU... EU NÃO SEI. NÃO É MEU...

PARA MIM, BASTA UMA MORDIDA PARA SABER A COMPOSIÇÃO. FOI POR ISSO QUE ME CONTRATOU.

ESSA NÃO É A QUESTÃO, SR. JOANOVICI.

MINHA FUNÇÃO É GARANTIR QUE HAJA CAMINHÕES CARREGADOS DE METAIS NESTAS DOCAS TODOS OS DIAS... E ATÉ ONDE SEI, ISTO ACONTECE. CABE A ESTE CRETINO VERIFICAR A CARGA, E DISSO ELE NÃO É CAPAZ. É NISSO QUE DÁ CONTRATAR INCOMPETENTES.

OU CONTRATAR J...

CALE-SE!

OTTO E EU NOS RESPONSABILIZAMOS PELO SR. JOANOVICI! ELE TEM RAZÃO, VOCÊ É UM MERDA! NÃO QUERO OUVIR NEM MAIS UMA PALAVRA!

SEI QUE ELE É UM IDIOTA INÚTIL, MAS NÃO POSSO DEMITI-LO. TEM FAMÍLIA EM BOA SITUAÇÃO EM BERLIM... E O NOSSO PROBLEMA COM OS METAIS NÃO FOI INVENTADO POR ELE.

MEU IRMÃO ACABA DE CHEGAR DE PARIS. ELE É QUASE TÃO BOM CONHECEDOR DE METAIS QUANTO EU. EMPREGUE-O E ELE VERIFICARÁ A CARGA EM MEU LUGAR.

OPERADORA? LIGUE-ME COM O COMISSARIADO DAS QUESTÕES JUDAICAS.

SIM... VAMOS VERIFICAR... OBRIGADO.

PROCURE TUDO O QUE EXISTE SOBRE UMA FIRMA CHAMADA "JOANOVICI IRMÃOS", SITUADA NO Nº 13 DA RUA MORICE, EM CLICHY.

SIMPLES VERIFICAÇÃO?

UMA DENÚNCIA.

AQUI ESTÁ A PASTA. O DELATOR TEM BOM FARO.

OBJETO : JOANOVICI IRMÃOS

Recomendamos uma verificação dos bens dessa firma...

...Visto que se suspeita fortemente que esse estabelecimento está,
desde antes e depois do seu aumento de capital, sob influência judaica...

...E, mais precisamente, de judeus romenos.

TOC TOC TOC

QUEM ESTÁ AÍ?

ABRA, EVA. SOU EU, LUCI!

JOSEPH FOI PRESO. MARCEL TAMBÉM. FAÇA AS MALAS.

VAMOS VER PAPAI?

VOU LEVÁ-LAS PARA O CAMPO. LÁ TEM LINDOS CAVALOS. GOSTA DE CAVALOS?

OH, SIM! QUE BOM!

EU... EU AGRADEÇO...

NÃO FAÇO ISSO POR VOCÊS.

Urgência em encontrar um administrador provisório para a firma "Joanovici Irmãos", na Rua Morice, 13, Clichy, ferro-velho.

Dirigentes judeus em via de transferência para campo de concentração...

Policiais franceses não encontrados. Funcionários ficarão sem emprego.

ENTRE, LUCI, NÓS A ESPERÁVAMOS... SOUBEMOS O QUE HOUVE COM JOSEPH.

FIQUE CERTA DE QUE NÃO TIVEMOS NADA COM ISSO. CREIO SABER DE ONDE PARTIU A DENÚNCIA. UM INVEJOSO QUE QUIS SE VINGAR. É COISA QUE ACONTECE SEMPRE.

VAMOS TENTAR FALAR COM O PESSOAL DAS QUESTÕES JUDAICAS... MAS NÃO PODEMOS PROMETER NADA.

PRECISO LHE FALAR A SÓS...

MAS É CLARO... VENHA AQUI.

TOME, UM PRESENTE DE JOSEPH.

UM COROT AUTÊNTICO... MAGNÍFICO.

PODERIA LHE ARRANJAR OUTROS, SE ACEITAR AJUDÁ-LO...

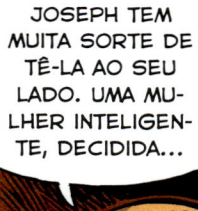

JOSEPH TEM MUITA SORTE DE TÊ-LA AO SEU LADO. UMA MULHER INTELIGENTE, DECIDIDA...

...E CHEIA DE CHARME.

PODÍAMOS NOS DAR BEM, VOCÊ SABE...

VOCÊ O FARIA SE LIVRAR? JURA?

TEM MINHA PALAVRA DE CAVALHEIRO, COMO DIZEM OS INGLESES.

MUITO BEM.

NEM SONHE!

FUCHS, PEGUE PAPEL DE CARTA COM RUBRICA. VOU DITAR UMA CARTA OFICIAL.

PELA PRESENTE CERTIFICAMOS QUE O SR. JOSEPH JOANOVICI PERTENCE AOS QUADROS DO DEPARTAMENTO ACIMA DESIGNADO. ESTÁ AUTORIZADO A CIRCULAR À NOITE BEM COMO DE DIA, DOMINGOS E FERIADOS, PELO INTERESSE DO SERVIÇO.

TODOS OS SERVIÇOS FRANCESES E ALEMÃES DEVEM LHE PRESTAR AJUDA E ASSISTÊNCIA NA EXECUÇÃO DAS SUAS MISSÕES.

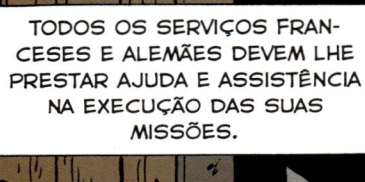

NÃO DEVEM, EM NENHUMA CIRCUNSTÂNCIA, DIFICULTAR SUA AÇÃO, NEM CAUSAR DANOS À SUA SAÚDE E IMPEDIR SUA LIBERDADE.

QUER FICAR UM POUCO?

NÃO PRECISA. SEI QUE ELAS ESTÃO BEM...

...GRAÇAS A VOCÊ, LUCI.

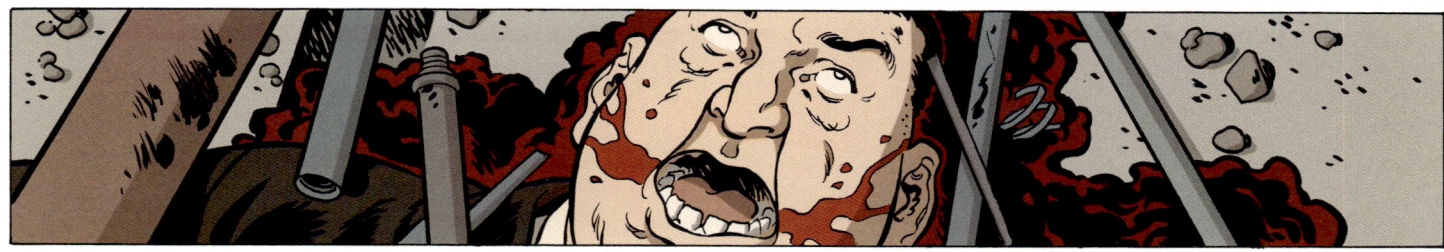

NÃO TIVE CULPA! O GUINCHO SOLTOU E ESSE IDIOTA PASSAVA JUSTAMENTE POR BAIXO!

ELE NEM PERCEBEU...

FOI UM ACIDENTE, JURO...

...PURO ACIDENTE!

DE QUALQUER FORMA, NÃO SABIA TRABALHAR...

NÃO RESPEITAVA OS METAIS...

...E OS METAIS O PUNIRAM.

AQUI ESTÃO, SR. IVAN. 34 MILHÕES, FOI UMA SEMANA BOA...

OBRIGADO, ATÉ A PRÓXIMA SEXTA!

OLÁ, JOSEPH.

CARAMBA, JÁ FAZ MUITO TEMPO! NÃO PARECE FELIZ EM ME VER...

AH... SIM, É CLARO! MUITO FELIZ.

PENSAMOS MUITO NO SENHOR, SR. JOANOVICI.

QUANDO NOS ENTEDIÁVAMOS NA NOSSA CELA.

E... EU TAMBÉM PENSEI EM VOCÊS... SAÍRAM QUANDO?

FAZ BASTANTE TEMPO. MAS NÃO QUEREMOS DETÊ-LO, JOSEPH! DE QUALQUER FORMA, TEREMOS OUTRAS OPORTUNIDADES PARA NOS ENCONTRAR...

LIBERDADE ANTECIPADA... SAÍRAM HÁ TRÊS MESES E JÁ REATARAM SUAS ANTIGAS RELAÇÕES. COM OS CORSOS DO OUTEIRO DE MONTMARTRE.

NÃO PODEM SER ENGAIOLADOS NOVAMENTE? NÃO SERÁ POR FALTA DE MOTIVO...

NEM PENSAR. OS CORSOS SE ENTENDEM BEM COM OS ALEMÃES. SÃO INTOCÁVEIS PARA OS POLICIAIS FRANCESES. NÃO PODEREI AJUDÁ-LO NESTE CASO.

APRESENTO ADRIEN ESTEBETE... HÃ... ESTEBETEGUY.

OU "O BASCO".

JO ATTIA...

OLÁ.

CHAMADO DE "GRANDE JO"...

...E GEORGES BOUCHESEICHE...

O "SALIVA".

PRAZER.

ESTES TRÊS RAPAZES ENCANTADORES SÃO ESPECIALISTAS EM PROTEÇÃO APROXIMADA... TOMARÃO CONTA DO SENHOR, SR. JOANOVICI.

E AGORA, SE ME DESCULPAR, NÃO DESEJO INTERFERIR EM NEGÓCIOS FRANCO-FRANCESES.

OBRIGADO, CAPITÃO. EU LHE TELEFONAREI.

FUCHS NOS DISSE QUE O "PÉS PERFUMADOS" É QUEM LHE ESTÁ CAUSANDO PROBLEMAS.

"PÉS PERFUMADOS"?

SIM, O CORSO... COMO É MESMO O NOME DELE?

DISCEBONNO. DE ONDE VEM O APELIDO?

VOCÊ VERÁ.

BOM, O CAPITÃO FUCHS ME PASSOU OS SEUS PREÇOS. PAGAREI PELO TEMPO QUE FOREM NECESSÁRIOS... MAS GOSTARIA DE SABER COMO FARÃO PARA AFASTÁ-LO DE MIM.

AFASTÁ-LO? MAS NÃO VAMOS AFASTÁ-LO, MUITO PELO CONTRÁRIO...

...VAMOS ATRAÍ-LO.

A MALA ESTÁ ABARROTADA DE GRANA?

O SUFICIENTE PARA PAGAR SEUS SERVIÇOS POR SEIS MESES.

É BOM MESMO. HÁ TRÊS SEMANAS QUE FAZEMOS NOSSA RONDA, E O CORSO QUE NÃO SE APROXIMA... ESTÁ ME DANDO NOS NERVOS.

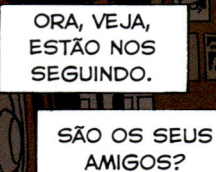

ORA, VEJA, ESTÃO NOS SEGUINDO.

SÃO OS SEUS AMIGOS?

NÃO. MAS JÁ VI ESSA CARROÇA ANTES. ESTACIONADA NA NOSSA RUA. ISSO É BOM SINAL.

E OS DEMAIS? NÃO SÃO DO TIPO DE NOS DEIXAR NA MÃO, NÉ?

NÃO ESQUENTA, ELES NÃO ESTÃO LONGE...

É AGORA...

BAOM

ESTÁ MORTO, JUDEU SUJO!

EIII...

JOANO! SEU IDIOTA!

POLÍCIA ALEMÃ! SOLTE A ARMA!

VOCÊ, GORILÃO, MANTENHA AS MÃOS NO VOLANTE!

POLÍCIA ALEMÃ? COM ESTE SOTAQUE?

E DAÍ?...

QUER SABER QUAL LÍNGUA A MINHA MATRACA FALA?

40

NÃO EXAGEREM, RAPAZES... HÁ SEMPRE UM JEITO DA GENTE SE ENTEN-DER...

JOSEPH E EU DISCUTIMOS, É VERDADE, MAS JAMAIS QUIS PREJUDICÁ-LO DE VERDADE.

ORA, VAMOS, NÃO SE AFOBEM... SOMOS COLEGAS, PRECISAMOS NOS AJUDAR! SE FOR POR DINHEIRO, TENHO BASTANTE... MAS VÃO FAZER UMA GRANDE BESTEIRA!

TENHO AMIGOS QUE VÃO ME PROCURAR SE VOCÊS...

DÁ PRA CALAR A BOCA?!

JOSEPH! NÃO!!

KLANG

PAW PAW

ESTÁ FEITO.

ATÉ A PRÓXIMA, SENHORES.

ENTRE.

VÃO... ME LEVAR DE VOLTA A CLICHY?

NÃO.

PRECISAMOS IR VER O PATRÃO, ANTES.

OTTO?

NÃO SABEMOS QUEM É OTTO.

RUA LAURISTON

43

EMBRULHEM ISSO E MANDEM ENTREGAR AOS CHEFÕES DO OUTEIRO DE MONTMARTRE. ENTENDERÃO QUE NÃO DEVEM TOCAR NOS MEUS PROTEGIDOS...

E ALI DENTRO, É SALSICHARIA?

ABRAM.

ISSO O SENHOR VAI TER QUE PERGUNTAR AO SUCATEIRO. DISSE QUE É DELE.

CARAMBA!

A SUCATA É MUITO LUCRATIVA...

O MÊS FOI MUITO BOM, EXCEPCIONAL.

MUITA GENTILEZA SUA VIR ME PAGAR PESSOALMENTE. AGRADEÇO.

JÁ DEVE TER OUVIDO FALAR DE MIM...

CREIO QUE SIM... É *LAFONT*.

EXATO. VENHA, VENHA CONHECER O MEU ESCRITÓRIO...

ESSE É BONNY, MEU ASSESSOR, UM ANTIGO FUNCIONÁRIO DA PREFEITURA.

EI, ACORDA! ESTOU ESPERANDO!

MUITO PRAZER.

NÃO VOU LHE DAR A MÃO PORQUE QUEBREI O MINDINHO NA CARA DE UM PASPALHO.

LEVANTEM-NO.

V... VERDIER?

VÊ SE ENTENDE. EU ME PER-GUNTAVA O QUE UM SUCATEIRO DE SEGUNDA ORDEM PODERIA TER DE TÃO PRECIOSO PARA QUE ALTOS FUNCIONÁRIOS DA PREFEITURA SE INTERESSAS-SEM TANTO POR ELE... ENTÃO, DECIDI PERGUNTAR A UM DOS AMIGOS DELE.

ENTENDEU? AGORA, EU O CONHEÇO COMO VOCÊ ME CONHECE. SOMOS AMIGOS, DE UM CERTO MODO.

MAS... É UM COMISSÁ-RIO PRINCIPAL, VOCÊ NÃO VAI M...

EU FAÇO O QUE QUERO! TENHO MINIS-TROS NAS MINHAS MÃOS! NÃO VOU ME PREOCUPAR COM UM POLICIALZINHO!

OLHE À NOSSA VOLTA. DE ONDE VOCÊ ACHA QUE ESTES HOMENS VIERAM? DAS PRISÕES DE FRESNES E DA SANTÉ! E TODOS TÊM UMA AUTORIZAÇÃO DE ROUBO, OFICIAL. BASTA QUE GRITEM "POLÍCIA ALEMÃ" PARA QUE OS TIRAS FRANCESES BORREM AS CALÇAS!

QUE É QUE VOCÊ ACHA? QUE ACHEI O MEU UNIFORME NUM PACOTE DE BISCOITO?!

EU... NÃO, EU QUERIA DIZER...

BEM, CHEGA DE PAPO. TIRE A ROUPA.

FICOU SURDO? EU DISSE TIRE A ROUPA! QUERO VERIFICAR UMA COISA.

E... O QUE FARÁ APÓS A VERIFICAÇÃO?

SABERÁ LOGO, LOGO!

OTTO... OTTO CONTA COMIGO.

TRABALHO PARA ELE.

DANE-SE O OTTO. NÃO PODE NADA CONTRA MIM. E SABE O QUE EU ACHO? QUE ELE O SUBSTITUIRIA EM MENOS DE UMA SEMANA.

POSSO PAGAR...

JÁ PAGOU. TIRE AS CALÇAS.

POSSO PAGÁ-LO SEMANALMENTE. TEM UM DITADO NA MINHA TERRA, A ROMÊNIA...

O QUE SERÁ QUE TEREI QUE ESCUTAR? DAQUI A POUCO, SERÃO POEMAS?

AGORA, TIRE A CUECA.

...QUE DIZ QUE "MAIS VALE UMA VACA A ORDENHAR...

...QUE UMA VACA A MATAR".

ESSA É BOA!

VAMOS, VISTA-SE PARA NÃO SE RESFRIAR.

ESSE JUDEUZINHO ME AGRADA! ELE É ESPERTO E PODE NOS ENRIQUECER.

ABRO UM DOSSIÊ PARA ELE?

CLARO.

E O AMIGO DELE, O POLICIAL?

MANDE-O PARA O CAMPO DE CONCENTRAÇÃO DE DRANCY. ASSIM O JOSEPH VAI ENTENDER...

...SABERÁ O QUE ACONTECE COM QUEM NÃO AGE CORRETAMENTE COMIGO.

NEM PRECISA, ACHO QUE ELE JÁ ENTENDEU.

PARIS, 16 DE JULHO DE 1942...

VIU A BLITZ DESTA MANHÃ?

JÁ VI!

NÃO PODEMOS PERMITIR QUE LEVEM NOSSO AMIGO DE CLICHY...

JOSEPH? ELE ESTÁ PROTEGIDO.

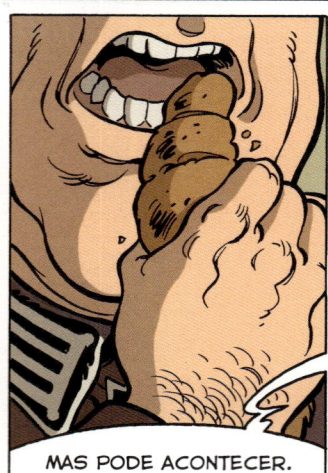

MAS PODE ACONTECER. SABE COMO É... BASTA QUE UM FUNCIONÁRIO ZELOSO AJA COMO DEVE E PIMBA! NUNCA MAIS VEREMOS NOSSO SUCATEIRO.

TEM RAZÃO. PEGUE PAPEL E LÁPIS.

DO HAUPTSTURM... ARGH... COLOQUE O MEU POSTO AÍ. AO: SENHOR RESPONSÁVEL GERAL PELAS QUESTÕES JUDAICAS.

SENHOR, DESEJO PELA PRESENTE FALAR DA MORALIDADE DO DENOMINADO JOANOVICI, JOSEPH...

JOANOVICI É NOSSO BASTANTE CONHECIDO, DO CORONEL BRANDL E DO ABAIXO ASSINADO...

ANTES DA GUERRA ERA FORNECEDOR DE METAIS DO REICH E DURANTE A GUERRA É CERTAMENTE O MAIS IMPORTANTE FORNECEDOR DA FRANÇA.

O CONHEÇO COMO UM HOMEM HONESTO, SERVIÇAL E GRANDE TRABALHADOR.

ESTABELECIMENTO PROIBIDO A JUDEUS.

O DINHEIRO QUE GANHA DISTRIBUI EM PARTE AOS MAIS INFELIZES DO QUE ELE...

...E NÃO CREIO QUE ESSES SEJAM HÁBITOS DE UM JUDEU.

TEM CERTEZA DE QUE DEVEMOS IR?

ABSOLUTA. TODO MUNDO ESTARÁ LÁ. OTTO, LAFONT, OS GENERAIS...

ESSE RÉVEILLON NÃO ME AGRADA...

TUDO VAI SAIR BEM... VOCÊ ESTÁ LINDO.

OTTO ESTÁ ALI... PERTO DO BUFÊ.

AVANCE, NÃO TENHA MEDO, VOCÊ O CONHECE.

BOA NOITE, OTTO.

BOA NOITE, JOSEPH. MINHA CARA LUCI, ESTÁ RESPLANDECENTE.

NÃO QUER FAZER UMA TROCA, JOSEPH? LUCI POR UM RENOIR...

BEBEU MUITO, OTTO. ASSIM, NÃO CHEGARÁ ATÉ A MEIA-NOITE.

"OTTO" ACABOU. FECHAMOS OS NEGÓCIOS E VOLTO A SER O CORONEL HERMANN BRANDL.

COM AS DERROTAS QUE SOFREMOS NA ÁFRICA DO NORTE E EM STALINGRADO, ALGUNS INTELECTUAIS BERLINENSES DECIDIRAM CULPAR A ABWEHR, MEU DEPARTAMENTO, E ASSUMIR O COMANDO.

SEJA PRUDENTE, JOSEPH. SEUS PRÓXIMOS INTERLOCUTORES SERÃO MENOS PRAGMÁTICOS DO QUE EU.

MAS... O QUE VAI LHE ACONTECER?

CONTINUO EM PARIS, MAS COM RESPONSABILIDADES RESTRITAS. ESTOU SENDO VIGIADO, COMO TODO MUNDO.

QUER QUE EU LHE DIGA? ACHO QUE VAMOS PERDER ESSA GUERRA...

AH! ESTÃO CHAMANDO PARA A MESA. PENA QUE NÃO ESTEJAMOS SENTADOS NA MESMA.

OS SALGADINHOS, AS BONEQUINHAS LINDAS, ISSO A GENTE ESQUECE RÁPIDO. NA VERDADE, O HOMEM SÓ DEIXA PARA A POSTERIDADE A SUA PROLE. A FAMÍLIA É O MAIS IMPORTANTE, NÃO, JOSEPH?

E VOCÊ RESPONDERÁ QUE "NÃO EXISTEM REGRAS". HÁ HOMENS COMO EU, CUJOS FILHOS ESTÃO POR PERTO, E QUE ADORAM VÊ-LOS CRESCER.

E HÁ HOMENS QUE PAGAM O ALUGUEL DE UM BELO APARTAMENTO PERTO DE ENGHIEN, COM VISTA PARA O LAGO... E OS ESQUECEM. NÃO É MESMO, JOSEPH?

ESPERO QUE MINHAS FILHAS SE PAREÇAM MAIS COM A MÃE DO QUE COMIGO. E OS SEUS FILHOS? SABEM O QUE VOCÊ FAZ NA VIDA?

MUITO POUCO. MEUS FILHOS ME ADORAM, E OLHE QUE NÃO OS PAPARICO. EU OS OBRIGO A APRENDER O CATECISMO.

A GOLPES DE CINTURÃO?

NÃO!

EU NÃO VOU SAIR DAQUI!

NÃO O QUÊ?

NÃO TENHO TEMPO DE DISCUTIR COM VOCÊ. PREPARE A BAGAGEM DAS MENINAS. DEVE PARTIR COM MARCEL, AGORA!

THÉRÈSE ESTÁ NA ESCOLA E HÉLÈNE ESTÁ COM FEBRE. NÃO PODE VIAJAR.

NÃO ENTENDE O QUE EU DIGO? JÁ SABEM ONDE VOCÊ MORA! ESTE ENDEREÇO NÃO É MAIS SEGURO!

PENSEI QUE FOSSEM SEUS AMIGOS!

ESTOU DIZENDO...

AH, ISSO É DEMAIS.

HÁ DOIS ANOS QUE FAÇO DAS TRIPAS CORAÇÃO PARA NÃO TERMOS PROBLEMAS... PREPAREI DOCUMENTOS, DEI DINHEIRO, ESCONDERIJOS... NEGOCIO COM OS PIORES ESCROQUES DA TERRA PARA PROTEGÊ-LAS...

...E O QUE VOCÊ FAZ DE MELHOR...

...É MOSTRAR ISTO?!

EU SOU O QUE SOU, AS MENINAS TAMBÉM, E VOCÊ TAMBÉM, POR MAIS QUE VOCÊ TENTE ESCONDER...

SABE O QUE FARÃO SE A ENCONTRAREM COM ISTO? SABE PARA ONDE A LEVARÃO COM AS MENINAS?

ELES TÊM UM CAMPO PARA GENTE COMO NÓS, EM DRANCY! UM LUGAR ONDE NOS PRENDEM COMO ANIMAIS! COMEÇAM NOS CANSANDO, DEPOIS NOS DEIXAM FAMINTOS... E FINALMENTE NOS MATAM!

PARE, POR FAVOR! PARE...

QUER VER SUAS FILHAS MORTAS?

QUER QUE SEJAM VIOLENTADAS DIANTE DOS SEUS OLHOS? QUER QUE SEJAM DADAS AOS SEUS CÃES? PORQUE É ISSO O QUE FAZEM!

MAMÃE!!

ESTÁ... BATENDO... NA MAMÃE...

HÉLÈNE, MINHA QUERIDA, EU...

NAAAAHHH!

ESTÁ CONTENTE?

ALGUÉM NAS QUESTÕES JUDAICAS DECIDIU PERSEGUI-LO...

FOI CONVOCADO PARA UM EXAME MÉDICO, JOSEPH.

ESTOU CANSADO... MUITO CANSADO.

SIM, SEI QUE É IRRITANTE...

ESCUTE, O QUE POSSO FAZER POR VOCÊ É MANDAR DOIS CARAS COM UM PRESENTE MEU...

QUE SE DANE O SEU PRESENTE! SÓ QUERO QUE ME DEIXEM EM PAZ DE UMA VEZ POR TODAS!

ESTÁ ENGANADO, TENHO CERTEZA DE QUE VAI GOSTAR.

ALIÁS, JOSEPH, QUANDO OLHAR PARA OS MEUS HOMENS, NÃO TENHA MEDO...

... ESTÃO UNIFORMIZADOS E NÃO FALAM FRANCÊS!

SABE O QUE É ISSO?

UM... DOCUMENTO DA... DA...

DA *GESTAPO*, E ESSES DOIS SÃO DA *SS*.*

* SCHUTZSTAFFEL – TROPA DE PROTEÇÃO.

VAI PREENCHER IMEDIATAMENTE UM CERTIFICADO DE ARIANISMO EM NOME DE JOSEPH JOANOVICI...

...CASO CONTRÁRIO, *VOCÊ* É QUE SERÁ DEPORTADO!

PRONTO. É OFICIAL, SENHOR JOANOVICI. É ARIANO.

OBRIGADO.

BEM, NÃO FOI TÃO COMPLICADO...

É OFICIAL, SENHOR JOANOVICI...

...É ARIANO.

FIM DO EPISÓDIO